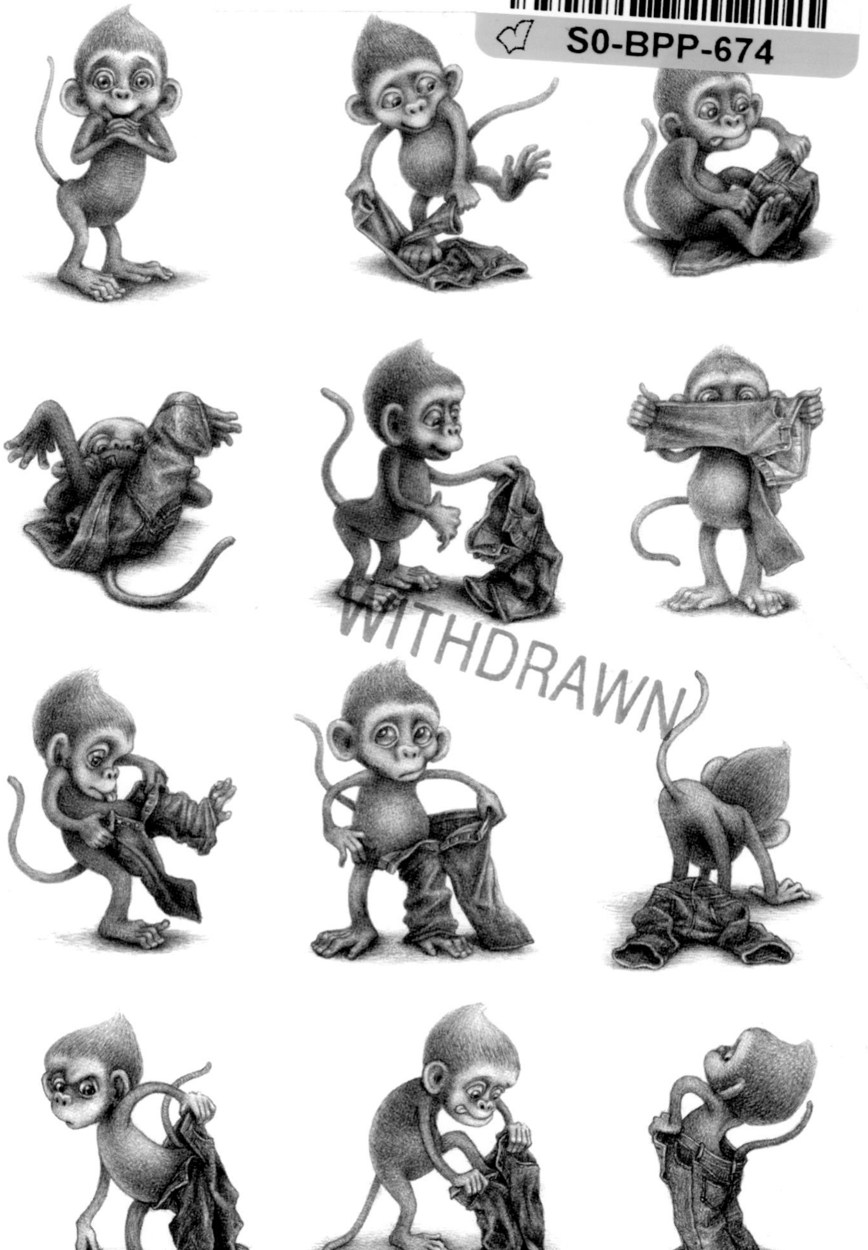

PETIT SINGE, DÉTECTIVE PRIVÉ

Brian Selznick et David Serlin

Illustrations de Brian Selznick

Texte français de Fanny Thuillier

■SCHOLASTIC

HÉ! M

AIS...

Qui

est

Petit singe?

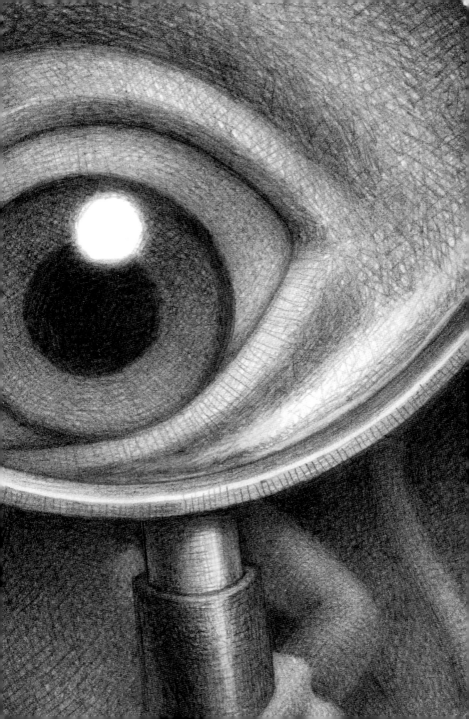

C'est

un bébé.

C'est

un singe.

Et il a

un travail.

TABLE DES MATIÈRES

L'AFFAIRE DES BIJOUX DISPARUS!

Petit singe peut aider!

Petit singe cherche des indices.

Petit singe prend des notes.

Petit singe mange une collation.

Petit singe enfile son pantalon.

Petit singe est prêt!

Petit singe résout l'affaire!

PETIT

DÉTECTI

Hourra pour Petit singe!

L'AFFAIRE
DE LA
PIZZA
DISPARUE!

Petit singe peut aider!

Petit singe cherche des indices.

Petit singe prend des notes.

Petit singe mange une collation.

Petit singe enfile son pantalon.

Petit singe est prêt!

Petit singe résout l'affaire!

Hourra pour Petit singe!

CHAPITRE TROIS

L'AFFAIRE
DU
NEZ
DISPARU!

Petit singe peut aider!

Petit singe cherche des indices.

Petit singe prend des notes.

Petit singe mange une collation.

Petit singe enfile son pantalon.

Petit singe est prêt!

Petit singe résout l'affaire!

Hourra pour Petit singe!

CHAPITRE QUATRE

L'AFFAIRE
DE LA
FUSÉE
DISPARUE!

Petit singe aimerait bien aider...

mais...

Petit singe a sommeil...

Petit
singe
est
prêt*!*

MA

IS...

Petit singe a oublié de mettre...

son pantalon!

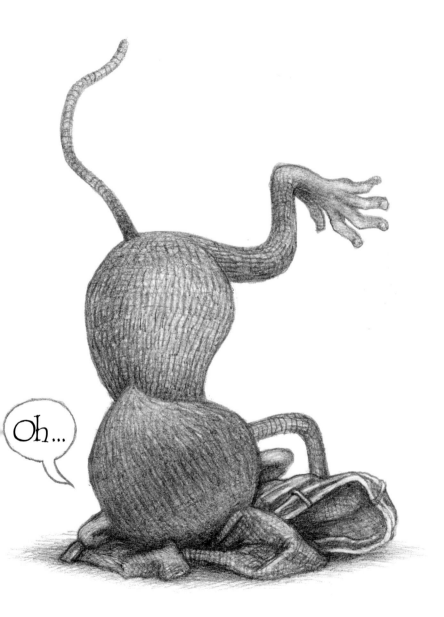

Petit singe est prêt!

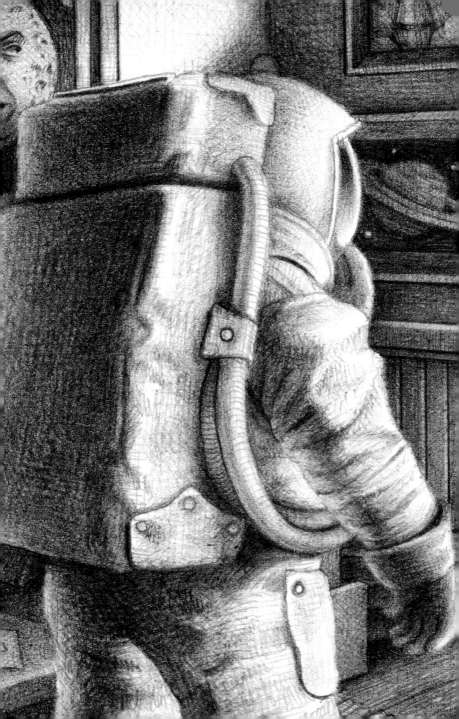

Petit singe résout l'affaire!

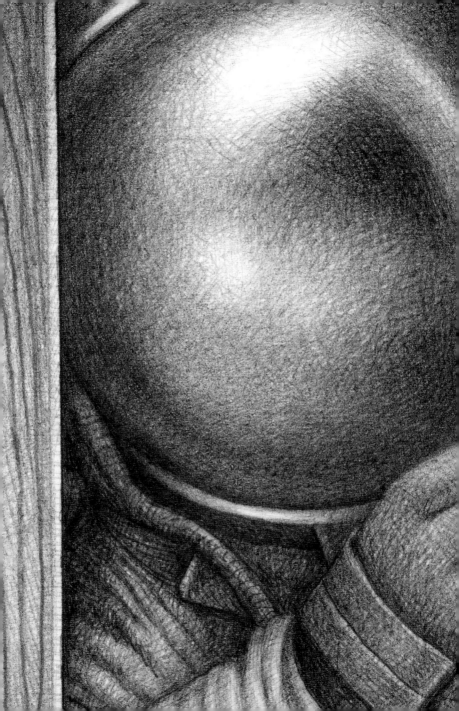

Hourra pour Petit singe!

L'écho des singes

LA SOURIS EST COUPABLE

CHAPITRE CINQ

LA DERNIÈRE AFFAIRE DE PETIT SINGE!

OUI!

Pas le temps de chercher des indices.

Pas le temps de prendre des notes.

Pas le temps de manger une collation

Céréales

Pas le temps d'enfiler son pantalon.

Petit singe résout l'affaire!

Hourra pour Petit singe!

LE TRÉSOR
DE
MAMAN

FIN

LE BUREAU DE PETIT SINGE

L'AFFAIRE DES BIJOUX DISPARUS
(pages 22–23)

Maria Callas (1923-1977), chanteuse d'opéra
Une nuit à l'opéra, 1935, film des Marx Brothers
Guiseppe Verdi (1813-1901), compositeur d'opéra
Palais Garnier (construit en 1975), Paris
Marian Anderson (1897-1993), chanteuse d'opéra
Buste de Wolfgang Amadeus Mozart (1756-1791),
    compositeur

L'AFFAIRE DE LA PIZZA DISPARUE
(pages 58–59)

Carte de l'Italie
L'or se barre, 1969, un film avec Michael Caine
Condiments italiens traditionnels
Le Colisée (80 av. J.-C.), Rome
La Joconde, de Léonard de Vinci (1452-1519)
Buste de *David*, d'après la sculpture de Michel-Ange
    (1475-1564)

L'AFFAIRE DU NEZ DISPARU
(pages 92–93)

Affiche de cirque
Barnum, comédie musicale de Broadway (1980)
Trapézistes
Tente de cirque
Colosse
Buste de P.T. Barnum (1810-1891), entrepreneur de
    spectacles américain

L'AFFAIRE DE LA FUSÉE DISPARUE
(pages 124–125)

Le Voyage dans la lune, 1902, de Georges Méliès
(1861-1938)

Décollage d'Apollo 13 (1970)

Saturne, la planète aux anneaux

Astronautes de la mission Apollo 11 plantant
le drapeau américain sur la Lune (1969)

Galileo Galilei, dit Galilée, astronome (1564-1642)

Buste de John F. Kennedy (1917-1963), président
américain qui favorisa l'exploration spatiale

LA DERNIÈRE AFFAIRE DE PETIT SINGE
(pages 164–165)

Bébé de la peinture *Madame Roulin et son bébé,* 1888,
de Vincent Van Gogh (1853-1890)

Enfant dans *2001 : L'Odysée de l'espace,* 1968, film de
Stanley Kubrick (1928-1999)

Petite Bonnie Blue Butler, dans *Autant en emporte
le vent,* 1939, film réalisé par Victor Fleming
(1883-1949) et produit par David O. Selznick
(1902-1965)

Mère et enfant, 1905, tableau de Mary Cassatt
(1844-1926)

Bébé ambassadeur de la marque Gerber, en 1928

Buste du Dr Benjamin Spock (1903-1998),
médecin et expert en pédiatrie

INDEX

Catalogage avant publication de Bibliothèque et Archives Canada

Selznick, Brian
[Baby Monkey, private eye. Français]
Petit singe, détective privé / Brian Selznick et David Serlin ;
texte français de Fanny Thuillier.

Traduction de: Baby Monkey, private eye.
ISBN 978-1-4431-6896-0 (couverture souple)

I. Serlin, David, auteur II. Titre. III. Titre: Baby Monkey, private eye. Français

PZ23.S447Pes 2018   j813'.54   C2018-900397-9

Édition publiée par les Éditions Scholastic, 604, rue King Ouest, Toronto (Ontario) M5V 1E1.

5 4 3 2 1   Imprimé en Chine 38   18 19 20 21 22

Le texte a été composé avec la police de caractères Cooper Oldstyle Light et Tempus ITC.
Les dessins ont été réalisés au crayon sur du papier aquarelle Arches.

Conception graphique : Brian Selznick, Charles Kreloff et David Saylor

191

Ce livre est dédié à nos mamans,

Lynn Selznick et Renee Serlin.